Joseph Albrecht von Ittner
Graf Albrecht von Werdenberg

I0636563

fabula Verlag Hamburg

ISBN: 978-3-95855-298-2
Druck: fabula Verlag Hamburg, 2018
Covergestaltung: Annelie Lamers

Der fabula Verlag Hamburg ist ein Imprint der Diplomica Verlag GmbH.
Bibliografische Information der Deutschen Nationalbibliothek:
Die Deutsche Nationalbibliothek verzeichnet diese Publikation in der Deutschen Nationalbibliografie; detaillierte bibliografische Daten sind im Internet
über http://dnb.d-nb.de abrufbar.

Joseph Albrecht von Ittner

Graf Albrecht von Werdenberg

fabula

Das Geschlecht der Grafen von Werdenberg ist eines der ältesten von Deutschland. Ihre Geschichte ist mit der des mittleren Zeitalters durch höchst merkwürdige Begebenheiten verflochten. Der Ursprung dieser berühmten und erlauchten Familie liegt in den Finsternissen der ältesten Vorzeit begraben. Wahrscheinlich stammen diese Grafen aus dem alten Rhätien oder dem jetzigen Graubünden ab, das früher von den Söhnen des Kaiser August erobert, dann nach dem Verfall des römischen Kaisertums eine Provinz des ostgothischen Reiches unter dem siegreichen König Theoderich ward. Die Besitzungen der Grafen von Werdenberg lagen auf beiden Ufern des jetzigen Rheintales, von dem Ausbruche dieses an Strömung so mächtigen Flusses bis in die Gebirgsengen, wo er sich bei Chur aus den rhätischen Alpen herauswindet. Sie wurden durch Heiraten, Kauf, Verträge, Erbschaften und andere Erwerbsmittel bald gemehrt, bald geteilt nach verschiedenen Linien, und dehnten sich endlich weit nach Oberschwaben aus.

Graf Christoph von Werdenberg war der Letzte seines Stammes, und starb auf dem Schloß Sigmaringen an der Donau, der jetzigen Residenz der andern Linie des fürstlich hohenzollerischen Hauses, am 29ten Januar des Jahres 1534. Seine Leiche ward nach Trochtelfingen, einem Städtchen auf der schwäbischen Alp, abgeführt, und dort mit Helm und Wappen in der Kirche begraben, wo schon viele seiner Voreltern nach christlichem Gebrauche beigesetzt waren.

Aber die Hauptwohnorte der Grafen von Werdenberg waren das Schloß Sargans, wo der Rhein auf einmal eine Beugung nach dem nördlich gelegenen Bodensee nimmt, und sich gewaltig am Fuße des so steil emporsteigenden Berges bricht, über welchen der schweizerische Kanton St. Gallen mit einem ungeheuern, wahrhaft altrömischen Aufwande eine bewundernswerte Kunststraße geführt hat.

Das Schloß Werdenberg liegt weiter das Rheintal hinunter, ungefähr fünf Stunden von der Ausströmung des Flusses in den Spiegel des Bodensees, auf einer bergigen Anhöhe. Von dieser Veste nahmen eigentlich die Grafen von Werdenberg ihren Namen her. An dem Fuße beider Bergschlösser haben sich seit den ältesten Zeiten Bewohner unter dem Schutze der mächtigen und tapfern Grafen angesiedelt, und sich endlich in eine städtische Munizipal-Verfassung gestaltet. Werdenberg hat noch die Eigenheit, daß der untere Teil der Stadt mit festen und zum Teil auch schönen Häusern überbaut ist; ersteigt man aber die Anhöhe unmittelbar bei dem Schlosse, so findet man Straßen mit offenbar alemannischen Wohnungen, wie man sie noch heut zu Tage auf dem Schwarzwalde findet. Sie bestehen aus behauenen auf einander gelegten Balken, mit vielen Fenstern, inwendig mit Brettern ausgetäfelt. Warm für den Winter, und sonst sehr gesund wegen ihrer Trockenheit sind diese Wohnungen allerdings, aber auch leicht der Feuersgefahr ausgesetzt, die, wenn sie ausbricht, schreckliche Verwüstungen anrichtet. Sargans und Werdenberg gehören jetzt zum Gebiete des neuschweizerischen Kantons St. Gallen.

Vor zwei Jahren im September bereiste ich mit einem gelehrten Freunde, welcher der Geschichte altdeutscher Geschlechter wohl kundig ist, das herrliche Rheintal von Rheineck aus bis an die Ausmündung der wilden, reißenden Landquart in den Rhein. Wir besuchten beide Ufer, sowohl auf der rechten als auch auf der linken Seite, und hatten herrlichen Genuß in diesem paradiesischen Tale, wo ganze Wälder von Obstbäumen undurchdringlich den Sonnenstrahlen, mit

Wiesen, Weinbergen und fruchtbaren Aeckern, auf denen die goldenen Kolben des sogenannten Welschkornes (Zea mais L.) kräftig emporwuchsen, abwechselnd, von dem Fleiße des gewerbsamen Volkes zeugten, das in Städtchen, Dörfern und Flecken, das ehemalige werdenbergische Gebiet bewohnt, und einer edeln Freiheit unter dem Schutze einer väterlichen Regierung genießt.

Mein Freund bestieg alle Burgen, die uns rechts und links an dem Wege lagen, und unterhielt uns mit den Sagen und Begebenheiten der Geschlechter, die sie vor Jahrhunderten bewohnten. Leider hatte die Zeit viele in stolze Trümmer gestaltet, in denen noch stehende Türme, übermäßig dicke, hochstrebende Pfeiler, unzerstörbare Gewölbe, von der Macht, dem Glanze und dem Reichtum der tapfern Män-ner, die sie einst bewohnten und das flache Land schützten, Zeugniß gaben. Es war ein den Geist niederschlagender und zugleich traurig erweckender Anblick, wenn man bedachte, wie geschäftig die Natur ist, die niedern Gräber ihrer Kinder mit Moos zu überziehen, wie sie die von Menschenhänden errichteten Wunderwerke der Baukunst unter Brombeer-stauden verhüllt, und aus den Klüften unzerstörbarer Mau-ern, Gesträuche und mächtige Bäume hervortreibt. Wir sahen manchen hohen Saal an den Wänden mit grünen Net-zen von Epheu überstrickt. Einst ertönten da die Lieder der vortrefflichsten alten Sänger, der Bildner unserer kräftigen deutschen Sprache, aus oder nahe den Zeiten der den schwä-bischen Herzogen entsprossenen Hohenstaufischen Kaiser. Mein Freund, ein fleißiger Sammler von alten Denkmalen der Sprache, hat eine reiche Sammlung dieser altdeutschen Lieder, von denen zwei Bände bereits gedruckt, aber noch nicht ausgegeben sind, bis der dritte vollendet ist.

Nachdem wir von der so genußvollen Reise zurückge-kehrt waren, so berichtigten wir viele Notizen über die Ge-schlechter, die einst in dem schönen Rheintale hausten. Wir beschäftigten uns vorzüglich mit der vorherrschenden Familie der Grafen von Werdenberg. Auch hier schaffte uns die an historischen Denkmalen so reiche Bibliothek meines Freundes Rat. Mir war es hauptsächlich um eine sonderbare, an das Abenteuerliche gränzende Geschichte des Grafen Albrecht von Werdenberg zu tun. Dieser Graf Albrecht lebte in dem Laufe des zwölften Jahrhunderts, und befand sich einige Zeit an dem Hofe des zweiten Beherrschers und eigentlich ersten Königs von Portugall, Alphonso Henriquez. Er hatte einen deutschen Diener bei sich, Namens Thomas Lyrer, seßhaft zu Rankwyl unweit der Stadt Feldkirch im Nibelgau, in dem alten Landgerichte in Murinen genannt, der mit dem Grafen nach Portugall gefahren war. Von diesem Manne haben wir eine Chronik merkwürdiger Begebenheiten. Sie ward, nachdem sie lange in Archiven verborgen lag zum erstenmale abgedruckt in Ulm bei Konrad Dickmut im Jahr 1486. Hierauf sind bis zum Jahr 1500 noch einige Ausgaben erschienen. Die neueste und letzte Ausgabe besorgte im Jahr 1761 in Quart der Bürgermeister Reinhard Wegelin zu Lindau, und versah sie mit Zeugnissen älterer Schriftsteller über Thomas Lyrer, dessen Chronik nach einer bei dem Werke befindlichen Nachricht zum erstenmale im Jahr 1133 abgeschreiben worden sein soll.

Wir nahmen aber noch eine andere handschriftliche Chronik aus den Büchern meines Freundes zu Hülfe. Diese ist von Johannes Müller. Der Mann war einst Sekretarius der Grafen von Zimbern zu Möskirch in Schwaben, dann durch eine lange Reihe von Jahren des nämlichen Hauses Obervogt zu Oberndorf am Neckar. In seinem höhern Alter zog er sich ganz von Geschäften zurück, und arbeitete ausschließlich an einer Chronik und Geschichte des Hauses Zimbern. Diese Chronik besteht in ungefähr 1800 großen Folioblättern in einem alten aber sehr reinlich geschriebenen Schriftcharakter des 16ten Jahrhunderts. Müller sagt selbst, daß er noch im Jahr 1566 mit dieser Chronik beschäftigt war. Da dem fleißigen Manne die Urkunden dieses berühmten Hauses zu Gebote standen, so sammelte er alles, was er auftreiben konnte. Auch war ihm zum Teil vorgearbeitet, denn Freiherr Wilhelm Werner von Zimbern trug schon 100 Jahre früher Materialien zu einer Geschichte seines Hauses zusammen. Müller hatte also Gelegenheit auch diese zu benützen.

Es ist Schade, daß diese Chronik noch nicht gedruckt ist. Sie ist höchst reich an Ereignissen, die auf das deutsche Vaterland, auf Kirche, Sitten, Lebensweise, Aberglauben, politischen und religiösen Betrug, Beziehung haben. Sie ist in der herzlichen und kräftigen Sprache geschrieben, die noch mit keinen Einmischlingen fremder Idiome vereiniget ist.

Aus diesen beiden Chroniken ziehe ich nun die Geschichte und Abenteuer des Grafen Albrecht von Werdenberg; beide Quellen sind in der Hauptbegebenheit miteinander einig. Tomas Lyrer ist in seiner Chronik etwas breiter und zuweilen undeutlich. Müller muß sie wohl gekannt haben, denn er nennt Lyrer einen Fabelhans. Vielleicht mag die feindselige Stellung des gräflichen Hauses Werdenberg gegen jenes von Zimbern, über welches er sich in sehr empfindlichen Ausdrücken ausläßt, an diesem Urteile Anteil haben.

***

In dem 11ten und 12ten Jahrhundert waren die Grafen von Werdenberg sehr mächtige Herren. Im Jahr 1100 lebte Graf Heinrich von Werdenberg. Mit seiner Gemahlin Dorothea von Fatz, welches eine Grafschaft in Churwalen ist, hatte er fünf Söhne und zwei Töchter erzeugt. Von den Töchtern ward Kunigunde an einen Grafen von Ortenberg, Verena an einen mächtigen Landesbesitzer von Stadach aus Böhmen verheiratet.

Von den Söhnen hieß der älteste gleichfalls Heinrich wie der Vater, der zweite Albrecht, der dritte Rudolph, der vierte

Hugo, der fünfte Ulrich. Unter diesen Söhnen starben zwei unverheiratet; nähmlich Graf Rudolph an dem Hofe des Königs von Böhmen; Hugo ward Domherr im Hochstifte Straßburg, der nachgehends in den Bernhardiner Orden trat.

Der älteste unter den Söhnen, Graf Heinrich, ward von seinem Vater an eine Erbgräfin von Sonnenberg verheiratet, und mit dieser Gemahlin erwarb er für seine Nachkommen die schöne Herrschaft Sonnenberg. Hiezu gab ihm der Vater noch seine eigene Herrschaft Sargans.

Der jüngere Sohn, Ulrich, vermählte sich mit einer Gräfin von Kirchberg, gemeiniglich Gräfin von Wollenstetten genannt. Sie ward ausgesteuert mit der Herrschaft Albeck und ihren Zugehörden.

So hatte denn der alte Graf Heinrich seine beiden Söhne auf eine anständige Art versorgt. Gedrückt vom hohen Alter und dessen Folgen der Kraftlosigkeit des Körpers, berief er seinen Sohn Albrecht zu sich, um die Landschaft, die er noch besaß, ihm regieren zu helfen. Bald darauf aber schied er aus diesem Leben den 5ten Mai 1111.

Gleich nach dem Tode des alten Herrn brach zwischen dem ältesten Bruder Heinrich, und dem jüngern noch unversorgten Graf Albrecht, der in Werdenberg gesessen war, ein gewaltiger Familienhader aus. Der Aelteste war zwar ein guter, aber im Grunde doch einfältiger leicht beweglicher Mann. Er hatte, sagt die Chronik, einen ledigen von Sonnenberg bei sich. Mit dem Worte ledig benannte man in der damaligen Zeitsprache einen Unehelichen oder Bastart. Dieser bemeisterte sich des Geistes bei dem sonst friedfertigen und gutmütigen Grafen Heinrich, und bildete ihm ein, «ihm als dem ältesten Bruder gebühre eigentlich die Regierung des ganzen Landes. Es geschähe ihm also Unrecht, daß sein jüngerer Bruder Albrecht sich in dem Besitze der Grafschaft Werdenberg befände.» Er machte also bestimmten Anspruch auf die sämmtlichen Güter.

Graf Albrecht antwortete hierauf: er irre sich, und solle bedenken, daß ihr verstorbener Vater ihn schon bei seinen Lebzeiten in den Besitz der schönen Herrschaft Sargans gesetzt habe, damit solle er sich begnügen, ihn aber als seinen Bruder in Frieden und im ruhigen Genuß von Werdenberg lassen.

Allein Graf Heinrich verfolgte seine Ansprüche mit Gewalt; beide Brüder griffen einander an, und fügten sich in einer offenen Fehde großen Schaden zu.

Da legten sich Freunde und Verwandte in's Mittel. Um die feindseligen Brüder auszugleichen ward Herr Hans von Waldburg und Conrad von Eckerstetten, beide Ritter, dann Seifried von Wollfartshausen und Dietrich von Helmsdorf von gemeiner Freundschaft abgeordnet, um nach aller Billigkeit den Familienzwist auszugleichen, oder wenigstens eine Waffenruhe zu Stande zu bringen.

Nach langer Unterhandlung, bei der in der Hauptsache nichts entschieden ward, brachten sie endlich ein Einverständniß dahin, «daß jedem der Brüder, sechs angesehene Herren aus der Freundschaft, die von Vater und Mutter Fürsten, Grafen oder Ritter wären, innerhalb zwei Monaten benannt und ausgeschieden werden sollten, die sich nach Konstanz an dem Bodensee zu begeben hätten, um dort eine friedliche Handlung und Tätigung zu besorgen.

Die Bürger von Konstanz hievon benachrichtiget, gerieten nicht unbillig in Sorge, daß der Einzug von vielen Fürsten und Edelleuten mit einem großen Gefolge von Reisigen, Pferden und Dienern die Sicherheit und Ruhe ihrer Stadt gefährden könnte. Sie erklärten sich zwar bereit, diese ansehnliche Versammlung aufzunehmen, bedingten jedoch, daß ein Fürst nur zwölf, ein Graf nur fünf, ein Ritter oder ein Gemeiner von Adel nicht mehr als ein Pferd mit sich bringen dürfe. Zugleich beschieden sie einiges Kriegsvolk zusammen, und verordneten über dasselbe zwei Hauptleute, nämlich Konrad Sticker und Bruno Tetikofer. Auch ließen sie nicht alle die Reisigen oder bewaffneten Reiter in die Stadt, sondern wiesen einem Teil derselben Wohnung und Aufenthalt in den benachbarten Ortschaften an. Diese Maßregeln schienen den Bürgern zur Handhabung der innern Polizei und des städtischen Friedens notwendig.

Auf den bestimmten Tag erschienen nun die beiden gegen einander so feindseligen Brüder, Graf Heinrich und Graf Albrecht von Werdenberg in der Stadt. Sie brachten ihre beiden Schwäger, den Grafen von Ortenberg und den Freiherrn von Stadach, als gemeinsame Freunde mit sich. Graf Heinrich hatte folgende Herren und Fürsten für sich als Vermittler erkiesen, nämlich: den Herzog Ulrich von Teck, den Grafen Wallraff von Toggenburg, den Grafen Hans von Habsburg, den Grafen Hugo von Heiligenberg, den Grafen Egon von Fürstenberg, und den Grafen Friedrich von Leiningen. Graf Albrecht auf der andern Seite hatte sechs andere aus seiner Freundschaft gewählt; nähmlich: den Grafen Rudolph von Hohenberg, Graf Wilhelm von Helfenstein, Graf Konrad von Vöhringen, Graf Erbental von Lindau, Graf Otto von Oettingen, und endlich Graf Heinrich von Schlüsselberg. Diese hochansehnlichen Männer waren also die Beisitzer bei dieser Verhandlung.

Die Gründe, die auf beiden Seiten im Rechtswege abgehandelt worden, finden sich nicht aufgezeichnet, davon schweigt also die Chronik; sagt aber, daß nach Eröffnung der Sitzungen Hans Heinrich von Bodmann in einem langen Vortrag für den Grafen Heinrich, so wie Konrad Freiherr von Thengen für die Sache Graf Albrechts gesprochen habe.

Nach langem Hin- und Herreden erfolgte endlich mit gutem Willem der Streitenden die Ausgleichung: daß Graf Heinrich mit der Grafschaft Sargans um so mehr sich begnügen solle, da er durch eine so vorteilhafte Verbindung mit seiner Gemahlin die Grafschaft Sonnenberg erhalten habe.

Dagegen aber solle Graf Albrecht in ruhigem Genusse der Grafschaft Werdenberg mit seinen andern Brüdern verbleiben. Indessen aber waren sowohl Sargans als Werdenberg mit andern Gütern, teils wegen früherer Haushaltung, teils durch die letzten Fehden in eine große Schuldenlast versunken. Um sie nun wiederum zu früherem Wohlstande emporzuheben, so sollen diese Herrschaften mit einem redlichen und verständigen Amtmann auf einige Jahre versehen werden, der alle Nutzungen einzuheben, gewissenhaft zu verwahren, die Schulden damit zu bezahlen, und alles in guten Stand zu setzen verbunden sein sollte. Ferner, da Graf Albrecht noch sehr jung und unverheiratet wäre, so solle man diesen standesmäßig ausrüsten, mit Pferden, Zehrung und Dienern; er solle dann auf Ritterschaft in fremde Länder ziehen, sich dort in höfischen Sitten und in Kriegszügen bilden, und seiner Zeit wieder in das Vaterland zurückkehren.

Diese versöhnende Abrede ward einhellig angenommen. Als Pfleger und Amtmann der Werdenbergischen Herrschaften wählte man einen frommen, erfahrnen alten Ritter, Herrn Jakob von Altstetten, der auf vier Jahre aufgestellt ward. Ehe Graf Albrecht sich auf die Ritterfahrt begab, nahm er den ältesten Sohn des verordneten Pflegers, Ritter Marquard von Altstetten als Begleiter und treuen Teilnehmer seiner künftigen Abenteuer zu sich, reiste dann gestärkt mit Mut und guten Hoffnungen ab, und gelangte endlich nach langer Zeit und Umherirren in dem westlichsten Lande von Europa, in Portugal, an.

Damals regierte in Portugal Alphons genannt Henriquez. Er war eigentlich der Erste, welcher den Königstitel trug, denn sein Vater Heinrich, Gemahl der Tochter des Königs Alphons des VI. Theresia, die ihm Portugal als Mitgifft zugebracht hatte, führte nur den Namen eines Grafen von Portugal. Henriquez geboren im Jahr 1094 verlor noch minderjährig den Vater, geriet unter die Vormundschaft seiner höchst

ausschweifenden Mutter welche die Familie mit einem an-
geheirateten Stiefvater Grafen Ferdinand von Transtramare
belud, und durchaus eine üble und ärgernde Haushaltung
führte.

Alphons Henriquez entzog sich in der Folge dieser über
die Gebühr verlängerten Vormundschaft. Das Reich war zur
See und zu Land von den unglaubigen Mauren angefochten,
die damals ihre siegreichen Waffen schon über einen großen
Teil Spaniens ausgebreitet hatten, und ihre Eroberungen
über die Gränzprovinzen Portugals auszudehnen anfiengen.
Der tapfere Henriquez setzte ihnen rasche Entschlossenheit
und einen durch die christliche Religion gestärkten Mut entgegen. Er lieferte ihnen die blutige Schlacht von Ouriques, an
dem Orte, der heut zu Tage Cabeza de Reys d. h. Königskopf
heißt, und unweit den Gränzen von Algarbien zu suchen ist.
Das Heer, das er den Feinden entgegen zu setzen hatte, war
der Zahl nach bei weitem seinen Gegnern nicht gewachsen,
aber der Mut, den die christliche Religion in verzweifelten
Augenblicken ihrem Bekenner einflößt, entflammte den
Geist des Christen, vielleicht auch seine Einbildungskraft,
denn die Legenden aus dieser denkwürdigen Zeit sprechen
von einer Erscheinung unseres göttlichen Religionsstifters,
der den niedergebeugten Sinn des streitfertigen Fürsten
durch die Hoffnung des versprochenen Sieges in der Nacht
vor dem Gefechte wieder aufrichtete.

Durch diesen Sieg rettete der tapfere Fürst sein Volk von
dem Joche einer fremden Dienstbarkeit, und befestigte seine
Unabhängigkeit noch in manchen nachfolgenden Gefech-
ten. Die römischen Päbste hatten sich seit Gregors des VII.
Zeiten, das Recht durch moralische und religiöse Ueberge-
walt angemaßt, über die Kronen der christlichen Herrscher
zu verfügen. Dieser, unter dem Schutze der kräftig aufstre-
benden Vorurteile begünstigten Gewalt bediente sich auch
Pabst Innozenz der II. im Jahr 1142 und erteilte dem tapfern

Verfechter des portugiesischen Volkes durch eine förmliche Bulle das Recht, sich König von Portugal zu nennen, gegen die Verbindlichkeit, jährlich dem heil. Petrus und der römischen Kirche vier Unzen Goldes zu bezahlen.

Seit diesem nahm also Alphons Henriquez den Namen König von Portugal an. Die Sache mit der königlichen Würde war nun in Ordnung; es war jetzt darum zu tun, daß das kaum befestigte Reich nicht in der Folge durch Streitigkeiten über die Regierungsnachfolge im Stamme des Königs geirret würde. Ob damals schon Portugal Stände gehabt habe, und aus welchen Männern sie bestanden, ist nicht klar. So viel ist aber gewiß, daß Henriquez nicht lange nach der Schlacht von Ouriques seine getreuen Mitstreiter und Waffengefährten um sich versammelte, und, wie die Schriftsteller melden, erklärte, daß alle, die dem blutigen Gefechte beigewohnt, und übrig geblieben wären, für alle Zeit geadelt, und Vasallen des Thrones sein sollten. Er versammelte sie zu Lamega, und legte ihnen die päbstliche Bulle vor. Nach deren Ablesung riefen ihn alle Versammelte als König aus, und bestimmten die Linien- und Seitennachfolge, wie sie noch heut zu Tage in der königlichen Familie Portugals herkömmlich ist. Nach diesem Ausrufe und der feierlichen Bestimmung erhob sich der Erzbischof von Buaga, und nahm aus den Händen des Abts von Laurba eine große goldene, mit Perlen reich besetzte Krone, die ehedem den gothischen Königen gehört hatte, und übergab sie dem König. Der Fürst zog sein Schwert und sprach: «Gelobt sei Gott, der mir half. Mit diesem Schwert habe ich euch befreit, die Feinde besiegt. Ihr machtet mich zum König, zum Teilnehmer eures Schicksals. Weil ihr mich nun zum Königtume erhobet, wohlan, so lasset uns Gesetze machen, durch welches unser Land zum Frieden gedeihe.»

Dieser Reichstag von Lamega ist für die Völkergeschichte höchst merkwürdig. Er beweiset, daß die Tapfern des Reiches die höchste Staatsgewalt dem Könige förmlich übertrugen.

Er ward drei Jahre nach der Schlacht von Ouriques nämlich im Jahr 1142 gehalten. Einige spanische Schriftsteller setzten ihn in das Jahr 1181. Allein andre bemerken, dass die Spanier eine andre Zeitrechnung, die Aera Hispaniae genannt, hatten, nach deren Berechnung das Jahr 1181 mit dem Jahr 1142 ausgeglichen werden müsse.

So vieles fand ich nötig, über die frühern Begebenheiten Portugals zu sprechen. Das Land, noch nicht genug im Innern befestigt, blieb immer von Feinden angefochten; es war daher nicht zu verwundern, wenn auswärtige Ritter, die auf kriegerische Abenteuer ausgezogen waren, dort Unterkunft und Gelegenheit suchten und fanden, sich in Waffentaten auszuzeichnen.

Schon viele Jahre fand sich im Dienste des Königs ein tapferer deutscher Ritter, Namens Oswald von Hatstat, (ein Rheingauisches Geschlecht) der das Vertrauen des Fürsten in hohem Grade besaß. Immer geneigt, allen seinen Landsleuten, die nach diesem fernen Lande zogen, angenehme Dienste zu leisten, empfieng er alle, die sich an ihn wandten mit Wohlwollen, in der Absicht, ihnen nützlich zu sein. Einige Jahre, bevor der Graf Albrecht von Werdenberg eintraf, war ein Edelmann aus Deutschland, genannt Herr Wolfeck, wegen eines Todschlages für den Rest seines Lebens auf hundert Meilen jenseits der deutschen Gränzen verbannt, nach Portugal auf gutes Glück und Abenteuer gewandert, und brachte seiner Schwester Sohn, Arbogast von Andlau mit sich, einen feinen jungen Knappen, der gerade in die Jünglingsjahre trat; denn er hatte eben sein achtzehntes Jahr zurückgelegt. Oswald von Hatstat, der mit beiden in Sipp- und Freundschaft stand, half beiden an den Hof. Wolfeck ward des Königs Truchseß, den jungen Andlau tat man zur Aufwartung zu dem Frauenzimmer, wo er, wie es scheint, die Stelle eines adelichen Pagen oder Kammerjunkers versah. Bald darauf brach in einer zu Portugal gehörigen Insel,

die Thomas Lyrer Zang nennt, Krieg aus. Der König schickte dort Kriegsvolk hin, mit demselben zog auch Ritter von
Wolfeck aus. Die Anführer setzten sich zu tapferer Gegen-
wehr, und dem Könige wurden viele seiner besten Leute
erschlagen, unter anderen Walther von Wolfeck. Doch wurden die Aufrührer besiegt, und wichen auf eine andere Insel.
Der König machte den zweiten Zug, der Aufruhr ward ge-
stillt, und die Ruhe wieder hergestellt. Aber bei dem Abzug
befiehl das Herr ein tödtliches Siechtum oder eine Pest, die
sich fast in jeder Stadt Portugals ausbreitete. Der König floh
mit seinen Kindern und seinen Vertrauten auf das Land in
ein Schloß, das mit dem Namen Ampernesto in der Chronik bezeichnet wird. Jedoch gestatteten ihm persönlich die
Geschäfte seines Reiches keine lange Abwesenheit; er kehrte
also bald wieder zurück, und ließ nur seine Kinder mit dem
Hofgesinde in dem Schloß. Nach Wolfecks Tode blieb Arbogast von Andlau dem Schutze und der Fürsorge des Herrn
Oswalds von Hatstat überlassen. Nun hatte der König eine
Tochter, die schöne Prinzessin Elisa. Der Fleiß und die Be-
reitwilligkeit, mit welcher Andlau seine Hofdienste bei der
jungen Fürstin verrichtete, und seine vorteilhaft ausgezeich-
nete Gestalt machten auf sie einen sehr günstigen Eindruck.
Aber in seinem Alter; ohne Weltkenntniß, und erfüllt mit
Ehrfurcht gegen die Tochter seines königlichen Gebieters
war der schöne Jüngling mehr als bescheiden, ja er war blöde,
und vermochte nicht die Merkmale von Gewogenheit, die er
so oft empfieng, für sich zu deuten. Sie behandelte ihn wie
ein frommes Kind.

Thomas Lyrer hat uns in seiner Chronik einige Muster
von Gesprächen aufbewahrt, die zwischen der Prinzessin
und dem jungen Arbogast vorgefallen sein sollen, und die
ich hier gern in dem Gewande, in welches der Chronist sie
eingekleidet hat, wiedergeben möchte. Die Fürstin hatte die
Gewohnheit, den jungen unerfahrnen Mann kindlich und in

einem mütterlichen Tone zu behandeln. Der König war, wie gesagt worden, seiner Geschäfte halber von dem Schlosse, wo er seine Kinder hingeflüchtet hatte, abgezogen; da sagt nun Lyrer: «Als nun die jungen Leute da blieben, fiengen sie an, zur Kurzweil sich in einem Garten zu ergehen. Da sprach Elisa zu Arbogast: wir wollen dich wälsch lehren, lehre du uns deutsch. Er sprach: Gnädige Frau, gerne; könnte ich nur etwas anfangen, das eurer Gnaden gefällig wär, als ein armer Diener, und möcht so viel verdienen, daß mich eurer Gnad etwas hieß. Da sprach die Königin: Ein junger Mann soll allweg gedenken in die Höhe; dann denkt er unter die Bank, er kömmt nimmer darauf. Da sprach Arbogast, wer hoch klimmt, der fällt hart, wer über sich hauet, dem fallen gewöhnlich die Späne in die Augen. Da sprach Elisa: ich meine, du seist fleißig zur Schule gegangen; denn gelehrten Leuten ist gut predigen. Da sprach Arbogast, ich bin unweis und ein ganzer Tor; Gott gebe mir Barmherzigkeit und Gnade, daß er sich über mich erbarme, und meiner unterwinde, und mich lehre seinen Willen, und ziehe zu gebührlichen Dingen; darum gnädige Frau, seid auch ihr mir gnädig, und gebietet mir etwas zu tun oder zu lassen nach eurem Gefallen. Da sprach sie, du bist ein Kind, man sollte dich mit Ruten strafen, das stünde dir wohl an. Da kam der Bannermeister und sprach: er sollte zum Dienste gehen; da gieng er und bereitete den Tisch.»

Arbogast gab seinem Vetter Hatstat Nachricht von der Unterredung mit der jungen Fürstin. Der sagte ihm: «ich habe dich wohl vernommen, folge mir jetzt nur.» Er ließ darauf einen Schneider kommen, und sich und allen den Seinigen grüne Kleider machen, übernäht mit Ruten, und eben so auch dem jungen Arbogast. In diesem Anzuge begleitete er die Prinzessin zur Kirche. Da sprach sie: «von wannen kommt dir das neue Kleid?» Arbogast antwortete: «mein Vetter hat es mir gegeben.» Da sprach sie: «nun ist er doch ein alter Schullehrer, er sollte billig wohl gelehrt sein der Kunst, und mehr Schüler unter sich haben.» Arbogast war jung, und errötete vor Schaam, und wußte nicht, was er zu ihr sprechen sollte. Da sprach sie: «hätte ich einen Schüler, wie du einer bist, ich hieß ihn in den Schatten sitzen und das Antlitz weiß behalten; wenn aber ein Schiff über das Meer führe gegen die Heiden, so müßte er ihnen entgegen, und sie mit den Ruten streichen.»

Der schüchterne Arbogast wußte abermals nicht, was er erwiedern sollte, erzählte jedoch gleichfalls den Hergang seinem Vetter. Dieser antwortete ihm: «sie meint, wenn die Heiden (die Mauren) herschifften, so solltest du dich mit Andern in ein Schiff setzen und wider sie fechten.»

Bald hierauf lief wirklich die Nachricht ein, daß die Heiden gekommen wären, um das Land zu beschädigen. Arbogast eilte mit Andern zu Schiffe, und hielt sich so ritterlich, daß alle Gefährten ihm das Zeugniß ablegten, ihm wäre man eigentlich den Sieg schuldig.

Von dieser ersten Waffentat lief die Nachricht bei Hof und dem Frauenzimmer ein. Sie machte der Prinzessin unendlich viel Vergnügen; und diese gewann den jungen Ritter desto lieber. Eines Tages sprach sie zu ihm: «Arbogast, hast du deine Mutter noch?» Er sagte: «nein, gnädige Frau, nur einen Vater, der hat eine andere Frau genommen nach meiner Mutter Tod!» «Du sollst ohne Bedenken sein; liegt dir etwas an, so komme zu mir, ich will dir mit ganzer Treue raten und helfen wie meinem eigenen Herzen.» Das dankte ihr Arbogast sehr hoch, und bewahrte es tief in seinem Herzen. Also gewannen sie einander sehr lieb.

Nach eilf Monaten kamen die Mauren oder Heiden wieder mit großer Macht. Arbogast stieg wieder mit seinen Kriegsgefährten zu Schiff und lieferte ein Gefecht; aber der Sieg erklärte sich gegen des Königs Volk, sein Schiff ward genommen, und so fiel Arbogast mit allen seinen Streitgenossen in die Hände der Feinde. Doch kurz darauf begegnete ihnen auf der See ein Schiff, bewaffnet mit Rhodiser Herrn, wie sie Lyrer nennt, nahm das Fahrzeug, auf welchem sich Arbogast befand, hinweg, und führte es als gute Beute nach der Insel Rhodus; denn diese Kriegsleute wähnten, die Gefangenen wären alle im Dienste der Mauren gewesen. Dadurch wird wahrscheinlich, das in damaligen Zeiten auch christliche Streiter an den Kriegszügen der Maurischen Fürsten Anteil nahmen, die auf den spanischen Küsten mehrere christliche Provinzen erobert hatten und besaßen.

Arbogast ward als Gefangener ausgefragt, wer er wäre. Er antwortete: «ich bin ein Deutscher,» wollte aber nie sagen, wie er hieße, noch von wannen er wäre. Warum er aus seinem Namen und Geschlecht ein Geheimniß machte, sagt die Geschichte nicht. Vermutlich besorgte er, daß man bei dem Verdachte, er wäre in Maurischen Diensten gewesen, ein großes Lösegeld forden würde, das nach damaligem Kriegsgebrauche bei Personen hoher Geburt überspannt wurde.

Die Rhodiser schleppten ihn als Gefangenen in ein Schloß auf das Land, welches Lyrer: schöne Hub, vielleicht in das Wort Belle vue geformt, übersetzte. An dem portugiesischen Hofe erfuhr man von dieser Gefangenschaft nichts; im Gegenteil, man glaubte, daß er mit andern Kriegsgefährten um das Leben gekommen wäre.

Nicht lange nach diesem Unfalle kam Graf Albrecht von Werdenberg an dem portugiesischen Hofe an. Er gab sich seinem deutschen Landsmann Oswald von Hatstat mit Namen und Geschlecht zu erkennen; beschwor ihn aber, seine Geschichte und sein Herkommen jedermann verborgen zu halten, und ihn nur als einen deutschen Edelmann von gemeiner Herkunft, wie deren damals viele auf Abenteuer in der Welt umherzogen, am Hofe vorzustellen. Darauf gab ihm Hatstat sein ritterliches Wort, unterrichtete ihn sodann in den Sitten und Gebräuchen des Hofes, und stellte ihn dem Könige vor.

Albrecht zeichnete sich aber bald als einen sehr gebildeten Mann aus. Seine Figur und Größe empfahl ihn schon durch die Außenseite; sein Stärke, Gewandteit und Tapferkeit bezeichneten ihn als einen stattlichen, biedern Ritter, und wo etwas im Scherz oder Ernst vorfiel, war er immer einer der Ersten, der Allem Genüge leistete. So war er denn bei dem König und dem Frauenzimmer hoch geehrt und gerühmt, und erwarb sich allgemeines Vertrauen.

Vorzüglich gewann er das Vertrauen der Prinzessin Elisa, die nach dem Verlust ihres Schützlings Arbogast von Andlau, bei der Ungewißheit, was aus diesem jungen Manne geworden sei, und ob es vielleicht nicht möglich wäre, ihn, im Falle er noch lebte, zu retten, in tiefer Bekümmerniß und in der peinlichsten Lage war. Zuverlässige Nachrichten über sein Schicksal einzuziehen, schien in ihren Verhältnissen die schwierigste Unternehmung. Da sie aber im Geiste und Herzen ewig streitend, keiner Ruhe mehr genoß, so wagte sie es, und warf auf den Grafen Albrecht von Werdenberg ein Auge. Die Klugheit, Bescheidenheit und das fromme ritterliche Benehmen, das er bei allen Anlässen zeigte; die Ueberlegung, daß er aus deutschem edlen Geblüte entsprossen, und ein gemeiner, dienstfertiger Edelmann sei, weckten endlich ihren Mut und ihre Entschließung, sich ihm anzuvertrauen. Sie beschied ihn zu sich, und machte ihn ohne Rückhalt mit ihrem Anliegen bekannt, mit dem Wunsche, daß er es wagen möge, über den vermißten Arbogast von Andlau Nachrichten für sie einzuziehen. Zu dieser Unternehmung versprach sie ihm vollkommene Ausrüstung, und wenn er glücklich zurückkäme, reichliche Belohnung und ihre Gnade.

Albrecht besann sich nicht lange, einen solchen Ritterdienst einer bittenden, bekümmerten Fürstin zu leisten. Die Unternehmung sagte ohnehin seinem ganz auf Abenteuer geneigten Sinne zu.

Er verlangte und erhielt also vom König die Erlaubniß sich

auf einige Zeit zu entfernen, unter dem Vorwande eine Fahrt zum heiligen Grabe zu machen. Versehen mit allem Erforderlichen von der Fürstin, machte er sich auf die Reise, das tiefste Stillschweigen über seine Absicht beobachtend; und nahm von seinen deutschen Dienern keinen mit sich, als den treuen, ihm so herzlich ergebenen Marquard von Altstetten, und noch einen andern Deutschen, dessen Name aber in der Zimbrischen Chronik nicht vorkömmt. Er durchstrich die griechischen Inseln, vernahm das Gerücht, daß die Rhodiser Herren einige heidnische Schiffe erobert hätten, und begab sich nun unmittelbar nach der Insel Rhodus. Dort traf er einen deutschen Landsmann an, den er zugleich als seinen Verwandten erkannte, nämlich Grafen Hans von Pfirdt, der dort in Diensten stand. Nachdem er diesen genug geprüft hatte, machte er ihn in stillem Vertrauen mit der eigentlichen Absicht seiner Reise bekannt; nämlich, daß er einem verloren gegangenen deutschen Edeln nachspüre, an dessen Entdeckung ihm alles gelegen wäre.

Graf Hans von Pfirdt sagte ihm darauf: «Ich habe wohl einen jungen deutschen Edelmann, der ein sehr schöner Mann ist, in meiner Gewahrsam; allein er wollte mir noch nie weder seinen Familien-Namen, noch seinen Vaterort sagen.» Werdenberg bat sich die Erlaubniß aus, ihn zu sehen; diese ward ohne Anstand gewährt. Graf Pfirdt ritt mit ihm nach dem Schlosse, wo der Gefangene aufbewahrt wurde. Aber da das Ausforschen seines Namens vergeblich war, ließ Graf Albrecht einen Maler kommen, der ihn abbildete, so gut es die damalige Kunst mit sich brachte.

Zum Besitze dieses Gemäldes schiffte er eilends nach Portugal zurück, und zeigte es der Prinzessin. Sie erkannte sogleich die Züge ihres so schmerzlich vermißten Freundes, und nun machte sie in vollem Ernste dem Grafen den an sich sehr gefährlichen Vorschlag, daß er sie von Portugal nach Rhodus wegführen sollte. Es lag im Charakter des herrschenden Rittertums, einer bekümmerten Dame nie die Hülfe zu versagen. Allein diese Entschließung durfte nie mit andern Pflichten in Widerstreite sein. Graf Werdenberg hatte zu überlegen, ob er, der im Dienste des Königs war, eine solche Handlung seiner Ehre unbeschadet wagen dürfte. Er glaubte nun einen Ausweg zu finden, wenn er vor der Hand dem Hofdienste des Königs förmlich entsagte, ehe er das Uebrige aus Achtung gegen die Prinzessin auf gutes Glück und ungewisses Schicksal hin wagte. Hiezu nun feuerte ihn die Fürstin selbst an. Sie sagte ihm, in Ansehung alles Nötigen für die Reise solle er unbekümmert sein; sie besäße großes Gut und viele kostbare Kleinodien, die sie, ohne Beschwerde und ohne Aufsehen zu machen, leicht auf die Seite bringen könnte. Es kam nun darauf an, wie die Abfahrt zur See, denn zu Land war es nicht möglich, so stille und unbemerkt es immer sein konnte, veranstaltet werden mochte. Folgende Maßregeln gaben den Ausschlag.

Der König hatte kürzlich ein neues Kloster an dem Ufer des Meeres erbaut, und mit Mönchen vom St. Bernhardsorden besetzt. Vermutlich war dieses das noch heut zu Tage vorhandene Kloster Pemporte. Sein Freund Marquard von Altstetten hatte von der Fahrt nach Rhodus eine höchst zerrüttete Gesundheit mitgebracht. Er bat also und erhielt auch die Erlaubniß, daß dem kranken Ritter ein eigens stilles Gemach in dem Kloster angewiesen würde, wo er dem kranken Freunde in der Ruhe und fern von allem Geräusche die nötige Pflege angedeihen lassen könnte. Altstetten, der in die Geheimnisse seines Herrn, des Grafen Albrecht, eingeweiht war, bezog ein abgesondertes Gemach, das auf das Meer gieng, und übernahm die Sorge ein gutes Schiff ganz zur Reise ausgerüstet mit dem nötigen Proviant zu mieten. Er riet nun auch dem Grafen, so bald als möglich dem Dienste des Königs zu entsagen, um durch keine Hofpflichten in seinem Gewissen mehr gebunden zu sein.

Also meldete sich Graf Albrecht bei dem König, und bat um Entlassung aus allen seinen Dienstverhältnissen. So leid nun dem Fürsten der Verlust eines so tapfern und nützlichen Dieners sein mochte, so mußte er dennoch die Entlassung erteilen, auf die Vorstellung, daß die Gesundheit seines Freundes Altstetten so geschwächt und herabgesunken wäre, daß sie nach dem Zeugniß des Arztes in diesem heissen Klima nicht mehr hergestellt werden könnte. Er müsse also um sein Leben zu fristen wieder in seine vaterländische Luft zurückkehren.

Der gutmütige König beschenkte seinen entlassenen Diener noch reichlich mit Gold, sammtnen und seidenen Gewändern, und wünschte ihm Glück zur Heimreise. Und so nahm Graf Albrecht Abschied vom Hofgesinde, von allen Freunden, und vorzüglich von dem alten von Hatstat nicht ohne inniges Leidwesen; denn er mußte diesem wohlgeprüften und treuen Freunde, dem er so große Verbindlichkeiten schuldig war, aus Behutsamkeit den wahren Zweck seiner Abreise verbergen.

Ohne weibliche Beihülfe hätte die Prinzessin, die von den getroffenen Anstalten auf das genaueste Kenntniß erhielt, eine so gefährliche Flucht nicht wagen dürfen. Sie besaß aber eine treue und verschwiegene Freundin unter ihren Hoffräulein, mit Namen Amysa, Tochter eines portugiesischen Großen von Adel. Beide nahmen nun Kleinodien, Geld und andre kostbare Sachen zusammen, förderten alles unbemerkt nach dem Schiffe, und in einer finstern Nacht begaben sie sich zum ausgerüsteten Fahrzeuge, und mit günstigem Winde waren sie schon weit über die portugiesischen Küsten hinweg ausser dem Gesichte, ehe die Sonne sich über den Horizont erhob.

Die Fürstin war sonst gewöhnt ziemlich frühe aufzustehen. Da man aber in dem Schlafgemache nicht wie sonst das mindeste Geräusch hörte, so ward es den Hoffräulein, die ihres Dienstes abwarteten, nach und nach unheimlich. Man konnte nicht begreifen, warum die junge Fürstin so lange schlafen sollte. Endlich brach die Zeit an, daß man in die Messe gehen mußte, welcher die Prinzessin immer beigewohnt hatte. Der König schickte zu den Jungfrauen, und gab Befehl, daß man in das Schlafgemach dringen, und die Schläferin wecken sollte. Das geschah, allein man fand die Zimmer leer. Erschrocken über dies unerklärbare Ereigniß, meldete man die Sache sogleich dem Marschalk. Dieser brachte die Nachricht an die vertrautesten Räte des Königs, am Ende war nichts mehr übrig, als daß man den Monarchen selbst von dem Verschwinden der königlichen Tochter in Kenntniß setzte. Höchst aufgebracht ließ derselbe alle Fremde und Gäste, die am Hofe waren, so wie alle die männlichen und weiblichen Umgebungen der Fürstin in Gewahrsam bringen. Vor Allen aber ward der ganz schuldlose alte treue Oswald von Hatstat in das Gefängniß gesetzt, denn das Gerücht hatte sich am Hofe verbreitet, die Deutschen hätten die Fürstin entführt. So war es natürlich, daß Hatstat als vorzüglicher Beschützer seiner Landsleute in Verdacht fiel; die schnelle Abreise des Grafen von Werdenberg bestärkte die Vermutung, man hielt es also nicht für unmöglich, daß sein alter Freund nicht einige Mitwissenschaft des Vorfalls haben sollte.

Nun schloß man noch alle Schränke und Behältnisse der Prinzessin auf, fand alles leer, und so vermehrte sich der Argwohn, bestätigte sich die Ueberzeugung einer mit List und Vorsicht ausgeführten Flucht. Der König schickte auf allen Strassen des Landes, auch auf dem Meere Ausspäher nach. Allein vergebens, man traf auf keine Spur. Die Fliehenden hatten einen solchen Vorsprung gewonnen, daß sie allen Nachforschungen schon weit entrückt waren. Sie liefen glücklich in Rhodus ein. Werdenberg meldete sich und seine Gefährten bei dem Grafen Pfirdt an. Er empfieng alle auf das freundschaftlichste, und brachte sie in ein Haus, in welchem sie wohl verborgen blieben; denn immer wäre es noch möglich gewesen, daß man die Fürstin erkannt hätte.

Nach einigen Tagen führte er die Ankömmlinge im größten Geheimniß nach dem Kastell auf das Land, in welchem
unter seiner Gewahrsam Arbogast von Andlau war. Ohne das
mindeste über die Ankunft der Frauen zu äussern, begaben
sich Pfirdt und Werdenberg zu dem Gefangenen, und sprachen ihm ernst und drohend zu, sich offen zu erklären, wer
er denn eigentlich sei. Andlau antwortete ihnen trotzig, er
glaube vielmehr Grund und Recht zu haben, sie zu fragen,
wer sie denn wären, und wie sie hießen. Denn nach der Be-
handlung, die er bisher mit so viel Standhaftigkeit ertragen
hätte, sei es ihm nicht klar, ob er sich in der Gewalt von Heiden oder Christen befände. Da sprachen sie ihm Mut zu, mit
der Erklärung: er befände sich in christlicher Gewahrsam.
Der eine von ihnen hieße Hans Graf von Pfirdt, der andere
Albrecht Graf von Werdenberg. Ueber diese offene Erklärung bezeigte sich der Gefangene höchlich erfreut. Nun, erwiederte er, soll mir alles, was ich bis auf diesen Zeitpunkt
erduldet habe, nicht weiter zum Schaden gereichen, da ich
unter so fromme, (das ist tapfere) Herren und Ritter geraten
bin. Auch ich bin ein Deutscher, heiße Arbogast von Andlau,
mein Vater Ruprecht von Andlau. Mein unglücklicher Vetter
Walther von Wolfeck, der mich nach Portugal auf Abenteuer
geführt, sprach mir oft von denen von Werdenberg, und be-
hauptete, sie hätten großen Anteil an seiner Verweisung aus
Deutschland.

So saßen sie noch den langen Abend beisammen. Bei dem
Weggehen sprach der von Pfirdt: «Gehabt euch wohl, einen
andern Tag wollen wir euch in eurer langen Gefangenschaft
ergötzen, und euch zu schönen Frauen führen.» Da sprach
Arbogast: «Hiezu möchte ich nicht wohl taugen. Mein Gefängniß hat mich bleich, gelb und ungestalt gemacht, und so
viel ich auch immer zu Frauendienst bereit wäre, so könnte ich
dennoch keiner in meiner jetzigen traurigen Gestalt gefallen.»

So schieden sie nun von einander. Den folgenden Tag

sandten ihm die beiden Freunde einen Barbier, um ihm Bart und Haare in Ordnung zu bringen. Da es bereits Abend und finster geworden, ward Herr Arbogast von seinen Freunden zu den Frauen in ein nicht mehr helles Gemach geführt, und ihm sein Sitz zwischen beiden angewiesen. Er wußte im Grunde nicht, in welcher Gesellschaft er sich befand, denn die beiden Freunde wollten versuchen, ob er die Fürstin und ihre Begleiterin etwa erkennen würde; sie selbst wollten sich überzeugen, ob sie sich in der Person dessen, den sie mit so abenteuerlichem Wagniß aufgesucht hatte, nicht etwa geirrt haben möchte. Aus diesem Grunde sagten sie auch nicht, welchen Mann sie in ihre Gesellschaft mitgebracht hätten. Andlau saß nun zwischen den beiden Frauen, und fragte die Fürstin, ob sie deutsch redete. Sie antwortete ihm aber in ihrer Muttersprache, und bat ihn, er solle nicht ritterliche Zucht vergessen, und seine Hand bei sich behalten; denn er hatte in der Dunkelheit die Freiheit gewagt, sie mit seinem Arm zu umfangen.

Nach einiger Zeit führte Graf Albrecht den von Andlau wieder hinweg. Als die Frauen allein waren, fragte das Hoffräulein Amysa: «Frau, wer ist der, welcher bei euch saß?» Sie erwiederte: «das weiß ich nicht, wohl ist er an Sprache und Stimme dem, welchen wir aufsuchen gleich, so daß es mir gleich an meinem Herzen wehe ward.» Bei dem Heimführen sagte der Gefangene zu dem Grafen Albrecht stille bestürzt und nachdenkend: «Ach, lieber Herr, die Rede dieser Frau ist mir so an das Herz gefallen, daß es mir ganz wehe ward.» Der Graf erwiederte: «So, ist dir es wehe geworden, ich glaubte, ich wollte dir deine lange Zeit kurz machen.» «Ach! ich fürchte sie immer, die ich meine!» versetzte Andlau, ohne sich weiter zu erklären. Da sprach Graf Albrecht: «Gott ist aller Gnaden zu trauen.» Und so verließ er ihn, nachdem er ihn in sein Gemach gebracht.

So waren denn immer die beiden Personen, um welche

diese abenteuerliche Geschichte sich dreht, in Zweifel befangen, die weder Graf Pfirdt noch Werdenberg so bald aufzuhellen für gut fanden.

Den darauf folgenden Tag frühe kam Graf Albrecht zur Prinzessin Elisa, die am Fenster saß, und sagte zu ihr, «Fürstin! bleibet hier, und schauet nach dem Gebäude jenseits; ich komme bald wieder, und sagt mir dann, was ihr gesehen habt.» Nun gieng er zu Arbogast von Andlau, und redete zu ihm: «Gehe mit mir aus, und sehe, welche schöne Frau der Wirt in dem jenseitigen Hause hat.» Er gieng mit ihm, und nachdem er nun die Fürstin ansichtig ward, so überzog sein Gesicht eine Röte wie flammendes Feuer bis unter die Augen. Dann brach er in die Worte aus: «Wäre es möglich? Nein, es kann nicht sein! Aber doch ist sie so ähnlich einer Frau, für die ich gerne den leiblichen Tod leiden möchte, wenn sie es wirklich wäre.» Graf Albrecht lächelte, und sagte: «nun um dich zu trösten, so tue es um der Liebsten willen, die du hattest, und singe mir eine Tagweis» (so hieß man in jenem Jahrhundert ein auf eine sanfte Leidenschaft sich beziehendes Lied). Arbogast fieng nun an zu singen. Graf Albrecht gieng in das andere Haus, näherte sich der Fürstin und sprach: «Gnädige Frau, was tut ihr?» «Mir ist weder wehe, noch wohl,» versetzte sie. –– «Aber was habt ihr denn dort drüben gesehen?» fuhr er fort. «Eines hübschen Mannes Bild, sprach sie weiter. Wäre er nicht so bleich und abgezehrt, ich wähnte, es wäre Arbogast, auch singt er ihm nicht ungleich.» Ohne sie aus dem Wirbel der Verlegenheit, in welchem sie stets herum irrte, los zu winden, sagte er ihr nichts, als «er ist nur ein Knecht aus dem überstehenden Hause, wir wollen noch zwei Tage hier ruhen, und dann hinweg fahren.» «Das wünsche ich, war ihre Antwort, und würde einmal Arbogast sehr gerne wieder sehen.»

Graf Pfirdt war inzwischen nach Rhodus gegangen, kam wieder zurück, und in der nämlichen Nacht beredeten sich beide Freunde, einmal allen Verlegenheiten bei den Frauen ein Ende zu machen. Sie führten also den folgenden Tag den jungen Andlau in ihr Gemach. Bei seinem Anblick geriet die Fürstin aus Freude in einen sichtbaren Schrecken. Dem jungen Knappen gieng es nicht besser. Er war vor Erstaunen ausser sich. Nachdem nun die beiden Freunde diesem Auftritte eine Weile als ruhige Zuschauer beigewohnt hatten, wandte sich die Prinzessin an Grafen Pfirdt, als ersten Aufseher des Gefangenen, gab sich ihm zu erkennen, und sprach: «ich kann nicht mehr nach Hause, ich habe ihm alles aufgeopfert, Eltern, Freunde und Vaterland, und ich wünsche durch gesetzmäßige und ewige Bande mit ihm verbunden zu werden.» Man sah einander, ohne einen Laut von sich zu geben an. Endlich aber nahete sich Arbogast der Fürstin: «das wolle Gott nicht, gnädige Frau, besinnet euch; seht, ich bin nur ein Knappe, von einer zwar edeln, aber gemeinen Familie. Ich würde eure Hoheit durch eine so ungleiche Verbindung zu erniedrigen glauben. Aber seht dieser Ritter da, auf Ritter Albrecht hindeutend, dessen wahren Namen ihr noch nicht einmal kennt, ist aus dem alten hohen Adel Deutschlands, ein Graf von Werdenberg. Die Fürsten unseres Vaterlandes können aus dem gräflichen Stamm unsre Beherrscher, die Kaiser, wählen; so wie die Kaiser ihre Gemahlinnen aus gräflichen Familien, ohne sich zu entwürdigen, nehmen dürfen. So sehr ich mich nun durch euern Antrag begnadigt finde, so sehr bin ich nach ritterlicher Sitte verpflichtet, euren hohen Stand und Ehre nicht zu erniedern. Ich werde mich hinlänglich geehret finden, wenn ihr mir nur eure Freundin und Hoffräulein Amysa zu Handen trauen wollet, die meinem Stande und meinem Einkommen angemessener ist. Dagegen bitte ich euch, eure Gunst diesem Grafen Albrecht zuzuwenden, der es wohl um euch verdient hat, der zweimal auf einer langen und gefährlichen Reise aus treuer Anhänglichkeit an euch Leib und Leben wagte, und euch glücklich und mit Ehren in dieses ferne Land brachte. Auch sind seine Lande und Besitzungen so groß und reich, seine Verwandte so mächtig, daß er eurer mit Ehre und Würde pflegen mag.»

Obwohl nun diese Erklärung der jungen Fürstin vielleicht unerwartet fiel, so mußte sie dennoch die aus offenem Herzen sprechende Wahrhaftigkeit und die zarte Sorge des redlichen Arbogast von Andlau bewundern, und sich selbst anklagen, daß sie ihm in Portugal nie ein merkbares Zeichen ihrer geheimen Leidenschaft an den Tag gelegt, sondern denselben immer in einer solchen Entfernung gehalten habe, daß seine Hoffnungen nie bis zu ihrer Höhe sich versteigen konnten.

Nachdem nun alles wohl überdacht war, gab sie zu beiden Seiten die Einwilligung. Graf Albrecht von Werdenberg sollte ihr Gemahl und die treue Amysa dem Herrn Arbogast als Lebensgefährtin zu Teil werden. Damit war nun auch Graf Pfirdt gern einverstanden. Er benachrichtigte davon seinen Kaplan, einen Deutschen, den Thomas Lyrer Herrn Hans Häberlin in seiner Chronik nennt. So ward denn die Einsegnung nach dem Kirchengebrauche vollzogen. Jetzt machte man Anstalten zur Rückkehr nach Deutschland. Graf von Werdenberg und Arbogast von Andlau kamen überein, daß sie die jungen Frauen unter dem Geleite des treuen Freundes Marquard von Altstetten sammt ihrem ansehnlichen Gute einsweilen nach Triest übersetzen wollten; sie selbst aber, da sie so nahe an dem heiligen Lande waren, hielten es für angemessen, eine Fahrt nach Jerusalem zu machen, und an dem heiligen Grabe den Ritterschlag zu empfangen. Also schieden sie von den Frauen in frommen Absichten. Altstetten gieng; sie aber erreichten glücklich die Küste Palästina's, trafen in Jerusalem viele Deutsche an, und erfüllten dort ihren Wunsch. Von da aus machten sie noch durch die Wüste eine südliche Reise und nach dem Kloster St. Katharina am Fuße des Sinai, wie es damals die meisten frommen Ritter zu tun pflegten. Auch da fanden sie Gegenstände für ihre Andacht. Unter andern ließen sie das

Leben der Heiligen, das in Kirche über ihrem Grabe hieng, abschreiben, und nahmen es mit sich nach Deutschland. Jetzt eilten sie über das Meer nach Triest. Aber leider trafen sie den guten Marquard von Altstetten nicht mehr beim Leben. Seine Gesundheit war so zerrüttet, daß er bald nach seiner sonst glücklich ausgefallenen Ankunft in Triest starb. Man begrub ihn in eine Kapelle der Kirche des Patriarchen, der Graf Ludwig von Görz hieß. Altstettens Schild und Helm ward über seinem Grabe aufgehangen, wo sie, wie die Zimbrische Chronik sagt, noch heut zu Tage zu sehen sind.

Mit ihren Gemahlinnen reisten nun die Freunde über die Gebirge von Salzburg, und lagen dort mehrere Tage still. Graf Albrecht schrieb von da aus Herrn Jakob von Altstetten, aufgestelltem Verwalter der Werdenbergischen Herrschaften. Er meldete ihm kürzlich die Abenteuer seiner ritterlichen Fahrten, dann aber mit Leidwesen das Ableben seines treuen mitgenommenen ältesten Sohnes, endlich, daß er eine Prinzessin von Portugal mit großem Vermögen und Gut mit sich brächte. Er bat ihn ferner, daß er das Schloß Werdenberg auf das eiligste und beste herstellen, dann seinen Brüdern und Verwandten von seiner nahen Ankunft Nachricht erteilen möchte, damit sie ihm entgegen kämen.

Der alte Kämpe bestellte seinen Auftrag aufs beste; auch hatte er in der Zwischenzeit das ihm anvertraute fremde Eigentum so fleißig und so treu verwaltet, daß nicht nur allein Land und Leute frei von Schulden geworden, sondern auch noch ein ansehnlicher Ueberschuß vorgeschlagen war.

Bei Freunden und Verwandten war über das Glück und die Rückkunft des Grafen Albrechts eine laute Freude. Sie bereiteten einen feierlichen Einzug, wie er einer so hohen Fürstin und ihres erlauchten Gemahls würdig war. (Lyrer sagt mit sechshundert Pferden, zwei und dreißig Frauenwagen und hundert achtzig Speisewagen.) Einige hundert Pferde und viele stattlich ausgerüstete Wagen fuhren ihnen mit einer zahlreichen Begleitung entgegen. Unter dem so ansehnlichen Zuge befanden sich Männer von den edelsten deutschen Geschlechtern, nämlich zwei Burggrafen von Nürnberg, Friedrich und Bernhard, drei Herzoge von Teck, zwei Grafen von Helfenstein, etliche Grafen von Toggenburg mit ihren Söhnen, ein Graf von Habsburg, zwei von Wöhringen, der hinkende Graf Wilhelm von Achalm mit zwei Söhnen, Diether von Stoffeln und dessen Brüder. Kurz es sammelte sich eine so große Anzahl von edeln Herrn und Knechten, daß dem Chronisten Lyrer die Benennung aller und eines jeden aus ihrem Gefolge höchst schwierig ward. Diese zogen nun alle mit dem Brautpaar in Werdenberg ein, wo ein großes Fest oder «Hochzeit» gefeiert ward.

Allein das große Glück, der Reichtum und Aufwand des Grafen Albrecht von Werdenberg erweckte bald die Mißgunst bei den Benachbarten; vorzüglich bei dem Grafen von der roten Fahne, oder Montfort, welcher damals zu Leutkirch gesessen war. Er bewarb sich heimlich bei dem Grafen von Leiningen, seinem Schwestersohn und vielen andern Edelleuten, seinen Verwandten und Freunden, daß sie ihm mit einem ansehnlichen Volke zuzogen, und mit ihm die Unternehmung, die Hoffeste in Werdenberg durch Feindseligkeit zu stören, wagten. So fielen sie denn über den Bodensee und den Rhein in die Grafschaft Rheineck, brannten und sengten, und schleppten mit sich was sie fortbringen konnten. Die Nachricht kam gleich durch das Rheinthal auf die Burg Werdenberg. Graf Albrecht brach mit seinen Brüdern, Freunden, und den bei ihm versammelten Edeln sogleich in das Feld, nach dem Gebiet des Grafen von der roten Fahne, berannte das Städtchen Tettnang, nahm es weg, und machte es dem Boden gleich, mit Ausnahme der Pfarrkirche. Jetzt entstand ein böser und blutiger Krieg. Ein Pfalzgraf am Rhein, Graf Ruprecht, legte sich endlich in das Mittel; Friede ward geschlossen, und das Städtchen Tettnang, welches der Graf von

Montfort mit seiner Gemahlin, einer Gräfin von Bregenz, als Heiratgut gewonnen hatte, wieder aufgebaut, doch in geringerem Umfange zwischen der Burg und der Pfarrkirche.

Nachdem nun diese Feindseligkeiten geschlichtet waren, so geleitete Graf Albrecht seinen Freund und Reisegefährten Arbogast von Andlau sammt seiner jungen Gattin Amysa. Der Zug war herrlich und ehrenhaft. In Bern nämlich wohnte damals dessen Vater, Ruprecht von Andlau, als Landvogt und Statthalter des Stiftes Straßburg. Die Herrn und Grafen, die diesen Zug mitmachten, wurden auf das beste empfangen, und auch dort feierte man nach alter Sitte ein kostbares Fest, nach Einberufung aller Verwandten und Freunde. Mit seiner Gemahlin erzeugte Arbogast zwei Söhne, wovon der eine Albrecht, der andre Lazarus genannt ward, nebst einer Tochter, die den Namen Elisa erhielt. Mit diesen lebte er von nun an in Glück und Wohlstand, in Ehren und großem Gut.

Graf Albrecht von Werdenberg kehrte wieder nach seiner Burg; durch lange Jahre, geliebt, geehrt und in hoher Achtung bei seinen Verwandten, Vasallen und Nachbarn, auch wegen seiner Macht und seinem Reichtum gefürchtet. Das Haus mehrte sich durch einen willkommenen Zuwachs von Kindern, welche ihm die Prinzessin Elisa gebahr. Sein ältester Sohn erhielt den Namen Graf Hans, und ward vom Knabenalter an in ritterlicher Zucht und Sitten geübt, so daß, als er bereits erst das neunte Jahr zurückgelegt hatte, er einen äußerst schönen, wohlgezogenen und hoffnungsvollen jungen Herrn darstellte. Dem Vater sowohl als der Prinzessin war äußerst daran gelegen, sich mit dem königlichen Großvater auf irgend eine Weise auszusöhnen. Also entschlossen sie sich, den jungen schönen Sohn auf Gnade hin nach Portugal zu senden. Zu dieser weiten Reise wurden nun alle, seinem Stande angemessene Zurüstungen gemacht. Er gieng ab, von ansehnlichen und erfahrenen Freunden und Rittern begleitet. Angelangt bei dem Hofe und zur Audienz gelassen, warf er sich seinen Ahnhern zu Füßen, und überreichte seine Schreiben, worin die bekümmerten Eltern um Gnade und Verzeihung demütig flehten, und sagten, sie schickten ihm den größten Schatz zur Sühne, den sie auf der Welt hätten. Auch sagte Graf Albrecht, daß wenn der König seine Ungnade fallen ließe, und ihm sicheres Geleit gewährte, sich persönlich stellen zu dürfen, so wollte er sich verhören lassen, und nach der Wahrheit alles eröffnen, wie wunderbar Zufall und Verhängniß sein irdisches Loos geworfen hätten.

Bei dem König, der den jungen trefflichen Enkel, seine Schönheit und sein edles Aussehen bewunderte, erweichte sich bald das großväterliche Herz; die Gefühle der Natur siegten über allen Unmut. Er ward fröhlich bei dem Anblicke seines Tochtersohnes, und konnte das Wohlwollen, das er ihm einflößte, nicht mehr bergen. Die Sache gieng ihm nun so nahe zu Herzen, daß er sich vornahm, seine Tochter und seinen Tochtermann zu begnadigen. Er schrieb also an ihn, und fertigte ihm unter königlichem Siegel Gnade, Verzeihung und vollkommene Sicherheit und Geleit für seine Person zu.

Graf Albrecht machte sich unverzüglich auf den Weg. Vorgelassen vor dem königlichen Schwäher warf er sich demselben zu Füßen, und bat um Vergebung seines Fehlers. Bei dem König regte sich doch noch geheime Empfindlichkeit. Er sagte ihm, daß, wer begehrte ein frommer Ritter zu sein, der müsse bei keinem, dessen Diener er wäre, es wagen, Gut und Ehre zu entfremden, ohne daß er ihm förmlich nach Rittersitte abgesagt hätte, und bei Nacht und Nebel wegziehen. Ohne sich auf den gerechten Ausbruch dieser ungnädigen Rede zu verantworten, umfasste der Graf nochmals das Knie des hohen Gebieters, flehte um Gnade, und hob nun an, von Anfang bis zu Ende seine Geschichte nach Wahrheit und allen Umständen vorzutragen.

Der König besann sich eine Weile, und fand am Ende, daß er zum Teil selbst an dem Ereignisse Schuld trage, weil er nicht die Vorsicht genommen, seine mannbare und erwachsene Tochter zeitlich zu verheiraten. Indessen, fuhr er weiter fort, Gott sucht uns mit mancherlei Unfällen heim, hat aber die Macht, am Ende alles uns zur Wohlfahrt zu wenden.

Darauf befahl der König, daß man seinen Enkel, den jungen Grafen Hans, bringen sollte. Als dieser erschienen war, hieß er den noch immer knienden Vater aufstehen, und sagte ihm; ich will euch verzeihen und euch ferner zur Gnade und Liebe aufnehmen. Wenn ihr nun noch etwas zu wünschen habt, so bin ich bereit, eure Bitte zu gewähren, vorausgesetzt, daß sie geziemend und tunlich sei. Einsweilen will ich euch ein Merkmal als Zeichen des Friedens und der vollkommenen Sühne geben; nämlich, daß ihr in eurem Wappen auf dem Helm an der Infel einen goldnen Ring mit einem Saphir führen sollt, sowohl ihr als eure Nachkommen. Graf Albrecht ließ sich abermals auf ein Knie nieder, und drückte dem König seinen Dank aus. Dann wagte er seine zweite Bitte, nämlich, daß der König geruhen möchte; den Herrn Oswald von Hatstat seiner Gefangenschaft zu entlassen. Dieser war auch wirklich noch der einzige Gefangene nach dem Verschwinden der Prinzessin Elisa. Alle andre Deutsche hatte der König schon längst ihrer Gewahrsam entlassen, nur den von Hatstat nicht, weil er sich nicht überzeugen konnte, daß dieser Ritter, der in so genauer und freundschaftlicher Verbindung mit dem Grafen Albrecht gestanden hatte, nicht von der Entführung der Prinzessin Elisa Kenntniß gehabt haben sollte. Graf Albrecht aber rechtfertigte ihn vollkommen von dem unbilligen Verdachte, der auf ihm bisher geruht hatte. So ließ sich also der König bewegen, auch ihm seine Freiheit wieder zu schenken, und ihn seines langwierigen Gefängnisses zu entledigen. Allein die Gesundheit dieses ganz schuldlosen Ritters war durch Mangel an Luft und Bewegung auf höchste geschwächt worden.

Man kann sich vorstellen, welche Freude es dem Grafen Albrecht machte, als er seinem Freunde die Freiheit ankündigen und ihn aus dem Gefängnisse befreyen konnte. Nun hielt er sich noch geraume Zeit an dem Hofe des Königs auf, um Herrn Oswald an den Genuß der freien Luft zu gewöhnen und durch Bewegung zu stärken. Dann nahm er von seinem königlichen Schwiegervater Abschied, und führte seinen Freund Oswald mit sich nach Werdenberg, wo er geehrt und wohl gepflegt bis an sein Ende der so wohl verdienten Freundschaft und alles Wohlwollens genoß.

Graf Albrecht blieb nun in seinem Vaterlande, und regierte die Grafschaft Werdenberg mit lobenswürdiger Ordnung und Weisheit bis zu seinem Tode. Er erzeugte noch mit der Prinzessin Elisa einen zweiten Sohn, Grafen Ulrich, dann zwei Töchter Margaretha und Dorothea. Die ältere Tochter Margaretha, wurde an den Sohn eines Grafen von Savoien verehlicht. Sein ältesten Sohn, Grafen Hans, hatte er in Portugal gelassen, wo ihn der König, sein Ahnherr, mit aller Sorgfalt erziehen ließ. Allein er ward im vierzehnten Jahre seines Alters zu großem Leidwesen des ganzes Hofes von dem Tode überrascht, und in dem Bernhardiner Kloster beigesetzt, wie der Chronist bezeugt, wo auch noch sein Grabstein, Schild und Helm mit der Infel und dem Saphir im Ringe zu sehen war.

Von Graf Albrechts Sohne, Grafen Ulrich und noch einigen Brüdern, die nachgeboren wurden, deren Namen sich aber nicht in der Zimbrischen Chronik aufgezeichnet finden, sind die beiden andern Linien der Grafen von Werdenberg entsprungen, die in Helvetien saßen, und die Herrschaften Werdenberg, Sargans, Vaduz, Ortenstein und andere Güter inne hatten. Auch sie haben sämmtlich in ihren Wappen den goldnen Ring mit dem Saphir auf dem Helm geführt. Der letzte von ihnen hieß Graf Georg, wohnte zu Ortenstein, und hatte die Schwester des Grafen Endres von Sonnenberg zur Gemahlin. Er starb kinderlos; mit ihm erlosch das Geschlecht derjenigen, die den König Henriquez von Portugal zum Ahnherrn hatten.